少年百部 100
SHAONIAN BAIBU

小学语文
核心素养书系
课本拓展精读

CHIZI YU HELIU

池子与河流

[俄罗斯] 克雷洛夫 著 余耀东 改编

长江出版传媒
长江少年儿童出版社

图书在版编目(CIP)数据

池子与河流/(俄罗斯)克雷洛夫著;余耀东改编.—武汉:长江少年儿童出版社,2024.1

(小学语文核心素养书系:课本拓展精读)

ISBN 978-7-5721-4579-7

Ⅰ.①池… Ⅱ.①克…②余… Ⅲ.①寓言-作品集-俄罗斯-近代 Ⅳ.①I512.74

中国国家版本馆CIP数据核字(2024)第000501号

小学语文核心素养书系:课本拓展精读
XIAOXUE YUWEN HEXIN SUYANG SHUXI: KEBEN TUOZHAN JINGDU

池子与河流
CHIZI YU HELIU

出 品 人:何 龙
策　　划:蓝 欣
执行策划:梁 崴
责任编辑:项 玮
整体设计:洋溢文化
责任校对:莫大伟
责任印刷:邱 刚 雷 恒
出版发行:长江少年儿童出版社(集团)有限公司
业务电话:(027)87679199
承 印 厂:武汉鑫佳捷印务有限公司
经　　销:新华书店湖北发行所
开　　本:720毫米×970毫米 1/16
印　　张:7
字　　数:49千字
版　　次:2024年1月第1版
印　　次:2024年1月第1次印刷
书　　号:ISBN 978-7-5721-4579-7
定　　价:26.80元

导读

《小学语文核心素养书系：课本拓展精读》是一套专门为小学生设计的语文课外阅读丛书，内容精选小学语文课本中作家的经典作品，旨在帮助孩子更好地理解和欣赏名家名作，全面提升孩子的阅读和写作能力，为语文学习打下坚实的基础，让孩子爱上阅读。

本丛书以小学语文课本中的课文为“向导”，每个作品都是课本入选作家的名篇名作，从一篇课文延伸至一本书，包括童话、小说、散文、诗歌等多种体裁，带领读者领略不同作者独特的创作风格和思想内涵，学习丰富的写作技巧和文学知识。

我们还邀请了国内著名插画师，根据书中情节绘制多幅精美插图，给孩子带来高品质的视觉享受。

让我们一起走进精彩的语文世界，感受文字的魅力，探索知识的海洋吧！

名师推荐

语文是小学生学习的基础，也是表达思想和交流感情的重要工具。孩子通过阅读学习优秀的文学作品，可以拓宽视野，提高语言表达能力，培养良好的审美情趣。

《小学语文核心素养书系：课本拓展精读》是小学语文课本入选作家的作品集，体裁多样，内容丰富。通过阅读这些作品，孩子可以感受不同文体和风格的魅力，培养对文字的感知能力和表达能力。

这套书系的独特之处在于选篇与课本的关联性和延伸性。每本书都来自小学语文课本中的作者，孩子可以更好地理解作者的创作背景和文化背景，加深对作品的理解和欣赏。同时，这套书也提供了与课文相关的拓展阅读，帮助孩子进一步扩大知识面，培养阅读兴趣。

孩子通过阅读不同名家的经典作品，拓宽自己的思维边界，培养自主阅读和独立思考的能力，为今后更高阶段的语文学习打下坚实的基础。同时，这些优秀的作品也能够激发孩子的情感共鸣，引导他们审视自己的内心世界。

祝愿每一个孩子在阅读《小学语文核心素养书系：课本拓展精读》这套书时，都能感受到语文的乐趣和力量，收获智慧和快乐。

目录

池子与河流

池子和邻近的河流谈心说："你总是在不停歇地滚滚流动，难道你不累吗？我也总看到沉重的货船和大筏压在你的身上，还有无数的小舢板船。什么时候你才能摆脱这些苦难呢？要是换作我，早就发愁死了。和你相比起来，我的生活可算是非常幸福，尽管我没有名声，地图上也找不到我的名字，也没有古斯力琴歌颂我。但是，这些对我来说都不重要。我就像一位躺在羽绒被褥上的姑娘，懒洋洋地躺在细软的淤泥上，平静安详。没有大船和筏子来打扰我，就连小舢板的重量我也不承担。只有微风送来的片片落叶漂荡在我的水面上。生活如此安逸，还奢求什么？望着尘世的吵吵嚷嚷，我自顾自进行哲理的遐想。"

"人生哲理家，你知不知道自然规律？只有流动的水才能保持洁净。我之所以成了河流流淌不息，就是因为遵守世间的规律，不图安逸。我水量充沛，水质洁净，给人类带来益处，所以久负盛名。我会世代川流不息，而你恐怕不久便会干涸了。到那时，没有人再会记得你。”

结果真是这样。河流一直奔腾流淌，而池子的状况却是逐年衰弱，青苔丛生，池子里还长满了水藻。最后，池子终于完全干涸了。

如果天赋不为社会做贡献，那天赋也会慢慢被收回。人一旦沉溺于懒惰安逸，便不会有长盛不衰的事业。

珠宝匣

人们经常会遇到这样的事情，有些事想方设法也解决不了，其实是没有掌握解决事情的诀窍，只要抓住诀窍，很容易便能解决。

一个人从工匠那里拿来一个珠宝匣，这个珠宝匣的装潢十分考究，人人见了都要赞美一番。

一个聪明的机械师也慕名来看这个珠宝匣，他看了珠宝匣一眼说："这里面一定有机关，没看见么，这个珠宝匣连锁孔都没有，不过我想我能够打开它。你们别不相信，也别暗自嘲笑我，我肯定能找到打开珠宝匣的机关，对于机械这方面，我还是有点研究的。"

于是他拿起了珠宝匣，上下左右，翻来覆去地看着，试探着，这里按按，那里摸摸，着实费了一番功夫，却仍是打不开珠宝匣。

旁观的人看他在那儿琢磨，有的不停摇头，有的窃窃私语，还有的相视而笑，反正都是在看热闹。只听见机械师自言自语道："不是这里啊，也不是这里，是哪里呢？"

机械师忙得满头大汗，累到精疲力竭，也不得其法。最后，他只能把珠宝匣丢在一边，彻底放弃了。其实，只要找到窍门，便能轻易打开这个珠宝匣，只是他不知道罢了。

山雀

一只山雀在海面上飞，他夸夸其谈，扬言要让大海燃烧。

这消息很快传遍了全世界，恐怖的气氛在涅普土诺斯京城的居民中蔓延。鸟儿也成群结队地飞来，许多野兽也从森林里跑出来看热闹，看那大海究竟怎样燃烧。

听说，那些习惯占便宜的猎人们听了这个消息都来了，第一拨人甚至带着大汤勺来到海边，准备尝尝这美味的鱼汤——这种鱼汤，就连包税商和最大方的人，都从来没有请朋友们品尝过。人们聚集在一起，等着奇迹出现。他们不声不响，只眼睁睁盯着大海，偶尔有人说一句："水就要开了，大海马上就要燃烧起来了！"

然而，大海并没有燃烧。

那么，至少海水应该会沸腾吧？也并没有。

这出匪夷所思的闹剧是怎么收场的呢？

山雀羞愤地飞走了，虽然山雀竭尽全力想要做出点成绩，但是大海却并没有燃烧。

我在这里多说一句，并不是针对谁：凡事没做成之前，千万不要信誓旦旦地夸海口。

鹰和鸡

一只鹰向高空云端飞去，他是鹰中之王，想要好好享受一下这白天的风光。他一直飞着，直到遇到电闪雷鸣。于是，鹰王从云层高处降落，在烘谷房上休息。尽管这个地方对于鹰王的地位来说有点简陋，但是鹰王自有脾性，也许，他就是想让这烘谷房出名，或者仅仅是因为附近并没有什么可供休息的好地方，这附近既没有橡树，也没有花岗石岩壁。

我不明白鹰王到底有什么意图。

他刚刚在这个烘谷房上休息了一下，马上又飞到另一个烘谷房。

一只抱窝的凤头母鸡看到了这个景象，就跟她的亲家小声嘀咕道："鹰为什么能享受这样的风光？难道仅仅是凭他的飞行本领？亲爱的邻居，这样说吧，要是我高兴的话，我也能从一个烘谷房顶飞到另一个烘谷房顶。我们以后别再这么愚蠢了，一直吹捧着鹰，好像他比我们高明似的。他的腿和眼睛都比不上我们的厉害，你马上就可以看到，他们要是在低处飞，和鸡是一样的。”

鹰王被这种说辞弄得心烦意乱：“你说得固然不错，但是却很片面，鹰有时飞得比鸡还要低，但是鸡却永远也飞不到像鹰那样高！”

当你在评论有才能的人时，万不可吹毛求疵地抓住别人的弱点不放，而是要看到他们的长处和优点，要善于发现他们所达到的高度。

两个男孩

“谢尼亚，你知道吗？这会儿他们应该不会逼着我们去上课，咱们就能去果园摘栗子啦！”

“不行，费佳，你不知道，这些栗子可不属于咱们，你看那栗子好像唾手可得，但是这些栗子树虽然近却很高啊，你和我都爬不上去，我看咱们是别想吃到这些栗子了。”

“你说得也有道理。虽然咱们够不到那么高，但咱们可以想些别的办法吧！你看这样好不好，你托着我，帮我爬到最近的一根树枝上，到时就能想到法子了，这些栗子足够咱们吃饱了！”

于是，两个男孩向栗子树飞奔过去，谢尼亚帮助费佳爬上树枝，直把自己累得汗流浃背，大口喘气。好不容易，费佳终于爬到树梢上去了，一到了树梢上，他感到前所未有的自在，就像一只偷溜进谷仓里的老鼠。

树上的栗子多得数不胜数，费佳吃也吃不完。按理说既然得到了好处，那他理所应当与朋友一起分享。可是费佳才不管他的朋友呢！谢尼亚根本没吃到栗子，而是可怜巴巴地站在树下馋得咂嘴。费加在树上尽情地吃着，却把栗子壳扔给了树下的朋友。

人世间不乏费佳这样的人，靠着朋友的帮助爬到了更高的地方，但是对于朋友却一点感恩和回馈都没有。

狮子和豹子

狮子与豹子为了争夺森林中的领地而一直有争斗。他们本意上并不想要靠法律规定来解决争斗，在他们的观念里，谁能胜利谁就是法律，暴力之徒是没有法律观念的。

然而这样一直争斗下去也不是办法，爪子会变钝，身体会疲倦。于是，狮子和豹子的关系开始缓和了，他们暂停了争斗，开始谈判。他们起草谈判条款，要签订长久的和平协定，直到下一次争斗来临。

谁来当谈判的代表呢？狮子与豹子商量起来。

豹子说："我派猫作为我方代表，猫虽然其貌不扬，但是他心地善良。我劝你方派出尊贵干练的驴子，可以这样说，你的所有侍从和谋士，连驴子的一半蹄子都比不上。如果驴子和猫能协商妥当，那么我们完全可以信赖协议的条件。"

狮子接受了谈判的建议，也派出了代表，不过那可不是豹子建议的驴子，而是狐狸。

狮子自有他的处事逻辑：“凡是能得到敌人称赞的人，万万不可信任他去办事。”

矢车菊

荒野里有一株盛开的矢车菊，却突然枯萎，一半的花瓣都发黄了，花朵也垂到根茎上，眼看着就要死亡了。可他却还对吹过的西风说着：“白天马上就要来临了！等到温暖的阳光洒向这片田野的时候，我也许能够重新活过来！”

“小伙伴，你想得未免太简单了！”一只在附近挖掘的甲虫说道：“难道太阳只关心你么？就为了看看你是正在生长还是已经凋谢了？听我的没错，太阳才没有闲心管这种闲事。要是你能和我一样，也能飞着去四处看看，去看看这大千世界，你就会知道，草地、庄稼、原野，都是靠着太阳生长，只有太阳才能给大地带来幸福！橡树和雪松依靠太阳的热才能繁荣复苏，花朵需要太阳光那美妙的色彩才能散发着芬芳！不过那些花朵可跟你完全不一样，她们高贵又美丽，就连时光都舍不得辜负她们！而你呢，既不漂亮，又不芳香，就别拿你那烦人的理由来打扰太阳了！太阳是不会照顾你的，赶紧停止你那连篇的废话，只管等着枯萎吧！”

太阳出来了！光芒普照大地！所有的花朵都得到了太阳光的照耀，那株在夜晚曾经濒临死亡的矢车菊，在太阳的关照下，重新焕发了生机。

啊，你们这些幸运地得到命运照顾的人，享受着尊贵地位的人，应该将太阳当作你们的榜样！阳光普照的地方，无论是一株小草，还是一棵雪松，太阳都一视同仁，让他们都能得到欢乐和幸福！太阳的形象在所有人的心里都是一样高大，像东方水晶宝石一样纯净！万物都歌颂感激太阳！

扫帚

一把肮脏的扫帚忽然得了势，从此他不在厨房里打扫地板，而是负责清理老爷的外套。看来，托付他活计的仆人大概是喝醉了。

于是扫帚慢慢动起来，他不知疲倦地拍打着老爷的外套，就好像在捶打黑麦。他没有吝惜自己的力气，尽职尽责。

然而糟糕的是，他自己本就是肮脏不堪的，用他来打扫外套能有什么好结果？他清扫得越是起劲，衣服也就变得越肮脏。

兽国的瘟疫

森林里突然爆发了瘟疫，这是最可怖的灾难，野兽们全都吓坏了，四处逃窜。通往地狱的大门已经敞开了，无论是在田野、沟壑还是在高山，死亡的恐怖急速蔓延，死神挥舞着手里的刀剑，像割草一样无情杀戮，数不清的生命遭逢厄运。仍然活着的那些呢？也是濒临死亡边缘，勉强维持着生命。恐怖改变了野兽们的样子，大难来临，他们都和从前不一样了：狼变得温和，不再追赶羊群；狐狸钻进洞里，鸡难得获得安宁。他们已经无暇顾及食物。

狮子召集众野兽们开会商议，他们拖着沉重的脚步，神志不清，昏昏沉沉，来到兽王面前蹲下，一言不发，只是瞪眼看着，竖起耳朵听着。

“啊，同伴们！”狮王说，“正因为我们犯下无数罪行，才引起天神的震怒，所以，如果我们之中谁犯的罪行最为严重，那么他就应当自己主动出来认罪，给天神当祭品，这样，也许天神就会饶恕我们。我们这样温顺恭敬的态度，一定能够平复天神的怒火！同伴们，像这样自我牺牲的例子，历史上也有无数，所以，让我们安静下来开始忏悔吧。不管谁从前犯下了哪些罪行，是否有意为之，都让我们诚心诚意地忏悔吧！哦，首先我得承认，虽然我感到羞愧，但是我也有犯错的时候。我为什么要吃掉无辜的小羊？毫无怜悯之心！还有一次，我把牧人也撕得粉碎。谁没犯过错呢？我愿意自我牺牲来当祭品。但是，我想大家最好还是先来检举自己的罪行，谁的罪行最严重，就由谁来当祭品，这样天神也会对我们网开一面的。”

“啊，我们仁慈的王！您太仁慈啦！”狐狸说，“这么小的事情您也当成是犯罪，如果我们也这样仁慈善良，那我们都得被饿死。更何况，我们的大王，您把羊吃掉，他们应该感到莫大的荣耀；再说到牧人，我们更要向您磕头谢恩，咱们应该经常这么教训一下牧人，他们活该被教训，这些没尾巴的族类总是狂妄自大，他们四处胡说，只有人类才是万物之尊。”

狐狸说完了，剩下一众热衷拍马屁的野兽也向狮子表达了同样的论调，每一个都争先恐后急于证明，狮子连请求宽容都用不上。于是狗熊、老虎和狼紧接狮子之后，当着众野兽的面，依次陈述各自犯下的罪行。尽管他们的罪行无法无天，可是没有谁有胆量表达异议。于是这些牙尖嘴利的野兽们一哄而散，一个个变得理直气壮，甚至还高尚神圣起来。

轮到温驯的牯牛发言了，他哞哞叫着：“我们牯牛也有罪，大约五年前的冬天，是一个荒年，哪儿都找不到吃的东西，我鬼使神差犯了错，从神父的草垛上扯下来一束干草。”

牯牛的这番话语，立刻在众野兽中掀起轩然大波，野兽们议论纷纷，狗熊、老虎和狼齐声高喊：“看啊，这家伙是多么坏啊！竟敢吃掉人家的干草！怪不得天神要为他的不法行为降罪于我们！应该把这个头上长角的家伙献祭给天神，让天神惩罚他的偷盗罪行，从而拯救大家！我们之所以受到瘟疫的迫害，全都是因为他犯的罪行！”

于是大家一致决定，将牯牛扔到篝火里去。

在民间也流传着这种说法，老实温和简直就是一种罪过。

狗的友谊

黄狗和黑狗躺在厨房外的墙角一起晒太阳，尽管在院子门口守卫要比在这威严得多，但现在他们吃饱了，作为有礼貌的狗，是不需要大白天对着行人汪汪叫的。于是，两只狗聊起天来，他们谈天说地，聊着人世间的各种问题，恶与善，最后还谈到了友谊问题。

黑狗说："终生跟忠诚可靠的朋友生活在一起，有什么难处互相照应，吃睡都在一起，互相保护，相亲相爱。尽一切努力让你的朋友过得高兴愉快，因朋友的幸福而幸福，这天底下还有比这更幸福的事吗？就拿你和我来说吧，如果我们成为这样亲密的朋友，就连时光飞逝对我们也不值得一提。"

黄狗热情地回应道："那可真不错，我觉得很好！亲爱的黑狗，从前我们两个不分昼夜待在一起，没有一天不打架的，想起来我都觉得心痛，真是自讨苦吃。主人对我们很好，我们吃得不错，住得温暖，完全没有打架的必要！人类把狗的友谊当作友谊的典范，然而请你告诉我，为什么狗与狗之间的友谊，就和人类一样，并不是你听说过的那样？让我们证明给人类看看吧：狗之间确实能够建立牢不可破的友谊！”

“来吧，握握爪吧！”黑狗喊道。

“同意，同意！”

于是，这两个重新要好起来的朋友互相拥抱了，舔着彼此的脸庞，那样兴奋亲密，真不知道怎么形容了！

“奥莱斯特斯！”

“庇拉德斯！”

“让吵架、妒忌和怨恨，都离我们远去！”

就在这时，厨子顺窗口扔出来一根上好的骨头，看呐！这两个新朋友像闪电似的径直扑了过去。刚刚建立的友谊像燃烧的蜡烛一样化掉了。

奥莱斯特斯和庇拉德斯马上撕扯在一起，乱蓬蓬的狗毛漫天飞舞。

最终，还是倒在头上的一盆冷水才把这对儿“亲密”的朋友分开！

人世间也总是有这样的友谊。看看这一对儿，也就不难猜出真相，听他们讲话，好像是亲密无间的朋友，但是只消丢一根骨头，就全变成上面两条狗一样了。

木桶

一个人把木桶借给朋友用，这事不能推辞，毕竟友情更重要，况且一只木桶也值不了多少钱，又不是要借钱这种大事。

三天后，木桶被还了回来，这个人还是一如往常用木桶装水，没什么异样。没想到的是，木桶里酒气冲天。原来借木桶的朋友是位卖酒的商人，他借木桶是用来装烧酒的，三天的时间，烧酒的味道足以把木桶浸透了。这个人不知情，还把木桶当水桶用。

这下好了，啤酒、格瓦斯等一切食品都染上了烧酒的气味，这个人用了整整一年的时间来改善这种状况。别管是用蒸汽蒸，还是用风机吹，都没有用，无论用木桶装什么东西，都带着一股烧酒的气味。

最后，木桶的主人实在无计可施，便把木桶丢弃到一边了。

身为父母的人们，你们一定要记住这则寓言：孩子的坏习惯一旦养成，就会很难改掉，或许会一直到老。不论怎么说，长大成人后的行为，举止、作为，总会受到小时候养成的习惯的影响。

小溪

一个牧童在溪边唱歌，他的歌声哀怨凄凉，因为前不久刚刚发生不好的事情，他心爱的小羊羔掉进河里了。

哀怨的歌声激起了溪水的同情，他气愤地说：“河水啊，你这样凶猛！河底如果能像溪水底下那样清澈，那么路过的人都能看见有多少生命被你吞没。我想你应该羞于见人，钻进地缝。如果上天给我更大的水量，那我肯定不会像你这样，我会用自己装点大自然的景色，用自己滋养山谷、草原和平川；我会轻轻地流过，绕过村庄，不带走一片叶子，不伤害一只家畜。我要做的都是好事，不会作恶，沿途两岸一定会对我表示感激，我蜿蜒地向大海流去，我会一直保持洁净。”

溪水就是这样想的，也是这么说的。

可是一个星期后，是什么样呢？山洪暴发了，小溪变成了大河。污浊的河水冲破了两岸的堤坝，河水翻滚着把村庄淹没，百年的古橡树被河水冲断，离得老远都能听到树木断裂的声音。曾经被溪水怜悯的那个牧童，也被暴涨的溪水夺去了生命。还有牧童的羊群和房屋，也早被冲得不见了踪影。

溪水平静时温柔和气，那只是因为他的水量太小，不够他施展威风。

过路人和狗

两个人走在夜间的路上，一边走，一边闲谈着。

忽然，一只狗叫了起来，然后就是第二只、第三只、第四只。最后，附近的狗都跑出来了，总共得有三五十只。

其中一个人捡起了石块准备打那些狗，另一个急忙劝阻他说："狗本来就是喜欢叫的，你又何必多此一举呢？你拿石头打它们，反而容易激怒它们，我对狗的脾性太了解了，咱们只管走咱们的路吧。"

果然走出不到五十步，狗叫声渐渐小了，最后都听不见了，一切又恢复了平静。

善妒的人有个毛病，看见什么都喜欢喊叫。你要是不搭理他，任他自己叫唤一会儿，也就罢了。

撒谎者

从前，有个贵族，可能也是个公爵，从远方旅行回到故乡，和朋友走过田野，便向朋友吹嘘自己曾经到过的地方。

他说道："可惜啊，我在外面见过的那些，以后可能再也见不到了。我们这里究竟是怎么回事？一会儿冷，一会儿热，太阳也是，一会儿躲起来，一会又烤得人难受。但是，我去过的那里，简直可以称得上是天堂！一想到那个地方，我就心生喜悦。在那里，皮袄和蜡烛是根本用不到的，晚上根本没有漆黑一片的时候，一年到头的天气都和五月里的艳阳天一样。那里也没有人种庄稼，你真该到那边看看地里长的东西，我在罗马见过一根黄瓜，你想都想不到它有多大，天啊！现在想起来我还是很惊讶，你知道吗？它跟山一样大！"

“世界之大无奇不有！”那个朋友回答，“这个世界上怪事真是不少，但不是每个人都能注意到的，现在我们就走向一个魔幻之地。当然，这样的经历你肯定没有过。注意，你看到河上的那座桥了吗？它就坐落在咱们要去的路上。你别看它看起来很普通，但是它有个特点，那就是撒谎的人是不敢走这桥的。撒谎的人，走不到一半就得掉到河里，但是你要是不撒谎的话，那么就算坐在四轮马车上，也能过这座桥。”

“你们这儿的河水深吗？”

“不是非常深，但是也不是很浅。你知道的，朋友，这世界上什么奇怪的事都有，罗马的黄瓜都像山那样大，是不是，你刚才就是这么说的吧？”

“就算不像山那样大，至少也得有房子那么大。”

“太让人难以置信了！但是不管怎么奇怪，最怪的还是我们将要走过的这座桥，撒谎的人是绝对走不过去的。还记得今年春天的时候，有两个杂志作者和一个裁缝走过这座桥时就掉到河里了，这事在城里都传遍了。要是黄瓜像房子那样大，那可确实奇怪。”

“这也说不上奇怪，你得知道实际上这个房子到底有多大，你别以为别的地方的房子都像咱们这里的房子这样大，你知道那里的房子是什么样的吗？要是两个人一同进入这个房子，那就没有站的地方，也没坐的地方了。”

“尽管如此，不得不说，一根可以装进两个人的黄瓜，要说这还不算奇闻那可太不应该了！但是我们的这座桥更加奇特。撒谎的人走不到五步，马上就会掉到水里去！尽管你说的罗马黄瓜也很奇特。”

“我说，”这位撒谎者马上打断他朋友的话，“咱们为什么非要从桥上走不可呢？还是找个浅滩蹚过河去吧。”

蜻蜓和蚂蚁

蜻蜓姑娘能歌善舞，一整个夏天都在欢声歌唱，一整个三伏天都在尽情舞蹈。

日子过得飞快，转眼间冬天来到了。田野里一片荒芜，最好的时节已经过去了，蜻蜓找不到绿叶为家，又冷又饿，哪还有心思唱歌呢？饿着肚子唱歌，又有什么欢乐可言？蜻蜓姑娘忧心忡忡地对蚂蚁说：“请你收留我吧，我吃饱了，穿暖了，到了春天，就又能焕发生机了。”

蚂蚁听了之后，冷冷地说：“那么，一整个夏天你都没有劳动吗？”

“夏天我哪有时间想这些？夏日里我们天天都在载歌载舞，鲜花草丛里，到处都有我们美妙的歌声！”

“哦，原来是这样！既然你唱够了，那么现在就再去跳跳舞吧！”

铁锅与瓦罐

瓦罐和铁锅成了好朋友，铁锅不让人欺负瓦罐，瓦罐发誓不背弃铁锅。这两个朋友谁也不忍分离，从早到晚都在一起。

话说铁锅想要到各处去旅行，请求他的朋友瓦罐一同前往。瓦罐欣然接受了这个建议。瓦罐跳上货车，坐在铁锅的旁边。这对幸福的朋友出发了，经过高低不平的石子路，车子嘎吱嘎吱地叫着，而他们扑通扑通地颠簸个不停。道路的坎坷对于铁锅来说倒是挺有趣味，而对瓦罐而言，却有震碎他的危险。路上的每一处颠簸，都叫瓦罐心惊胆战，但一想到和铁锅如此亲密，瓦罐的心里就洋洋得意。

旅行回来时铁锅身体健康，神采奕奕，而瓦罐回家时遍体鳞伤，称不上是瓦罐了。

这则寓言的意思很清楚：只有平等才能谈论友谊。

孔雀与夜莺

一个人在音乐方面是个专家，但是不懂物理。他听到夜莺的歌声，于是也想自己养一只，便跑到市集上去买。他说："我没见过这种鸟，但我听见它的歌声却很喜欢，我很想得到一只，市集上这么多鸟，我肯定能找到。"

这个人就带着这样的想法来挑选鸟儿，他的兜里装满了钱，但脑子是空空荡荡。他在鸟市上看到了许多鸟儿，有孔雀，也有夜莺，他对卖鸟人说："不会错的，这就是我想找的歌声美妙动听的鸟儿。它长得这样美丽，唱歌也肯定差不了！伙计，这只鸟怎么卖？"

卖鸟人回答他说："先生，这是孔雀，它可不会唱什么好听的歌，您要是想买会唱歌的鸟，应该选孔雀旁边的夜莺。"

这位愚蠢的音乐专家着实感到吃惊，他害怕卖鸟

的人骗他。夜莺长得其貌不扬，瘦小可怜，怎么可能歌声美妙动听呢？

最终，他还是买了孔雀，自己颇为满意，心里想着总算可以好好欣赏下孔雀的歌声了。他飞奔回家，把孔雀放在栅栏里，这位可爱的客人为了向主人表达谢意，接连发出了十多次喵呜喵呜的声音，这下，这位先生才知道：他只凭外表去选择唱歌好听的鸟，这个办法真是愚蠢至极！

其实，我们也经常会像这位先生一样，往往带着偏见的目光去审视别人，看人家衣着是不是光鲜，秀发是不是丰盈，身上是不是佩戴着昂贵的首饰，箱子里是不是装满了黄金。这种脑中满是偏见的人，我们常常称之为傻瓜。

大车队

一队拉着满满的陶瓷罐儿的货车到了山顶上，接下来是下坡了。管事人让其余的车辆等在山顶，他自己驾着第一辆车先下山。驾辕的那匹大马着实很干练，骶骨顶着车辆，脚步稳健地慢慢下山。

山顶上一匹年轻的小马，他一边看热闹，一边不住批评："哎呀！这种事实在前所未有，他是出了名的良马，车子却拉得奇慢无比，你看，几乎碰上石头，走得歪歪扭扭的。嘿，朋友！加油，加油啊！怎么又踏进沟里，就不知道往左边躲一下吗？这笨货实在太没用，现在既不是上坡，也不是黑夜，明明是下坡路，还是白天，怎么走得这样费力？我看他根本没有本事来拉陶瓷货！看着真让人着急！等着！看看我是怎么走的，我才不会浪费时间呢，车子拉起来肯定全速前进！"

于是，这匹马也开始下坡了，他挺胸昂首，背也挺得直直的。但是刚过了一个小山包，车子便刹不住了，把小马往下直推，往旁边挤，小马的四只蹄子已经不听使唤了。这下好了！车子行驶不稳，上下颠簸着，一路跌跌撞撞，石块、车辙全都没躲过去，一会儿往左，一会儿往右，终于，只听得轰的一声，连车带马掉进了深沟里。主人的一车陶瓷货全都报废了！

世间就是有许多这样的人，别人做的事情，他们全都否定，一旦自己去做了，那情况简直更糟糕。

乌鸦

鹰从高空中俯身冲向羊群，叼了一只羊羔后又飞到高空中。

年轻的大乌鸦看到这一幕，心里想着："这只鹰真傻。羊群里就只有小羊羔吗？鹰群里也有夙包。换做是我的话，一定要抓一只最好的。"

大乌鸦冲向天空，俯视着地面的羊群，他那贪婪的目光在羊群中搜索着，公羊、母羊、羊羔全都挑了一遍，终于选中了一只又肥又大的公羊。一般只有饿狼才敢捉这样的公羊。

年轻的大乌鸦使足了力气，对准那只公羊俯冲下去，把爪子插进了羊背上的毛里。此刻，他才明白，这个猎物不是他能控制的，他抓不起来。更糟糕的是，他的爪子拔不出来了！公羊的毛又厚又稠密，自投罗网的大乌鸦反而成了牧童的俘虏。乌鸦被剪短了翅膀，不能飞翔，成了孩子们的玩具。

人世间这样的事也不少见，小骗子总想模仿大骗子，大奸大恶之人往往能够逃掉，小偷小摸之辈总是被捉受罪。

遭遇不幸的农夫

秋天的一个夜晚，小偷钻进了农夫的院子，他把贮藏室、地板、天棚和墙壁都翻了个遍。这个该死的小偷将所有东西都偷走了，本来小偷也是没有什么善良可言！

农夫真是可怜，一夜之间就变得一贫如洗，几乎得去讨饭为生了。老天保佑吧，可千万别再有这样的夜晚了！

农夫十分发愁，请来了亲朋好友，请求他们的帮助。

于是众人七嘴八舌，开始出谋划策。

加尔倍奇干爹说："你就不该让别人知道你家有钱。"

克里梅奇亲家说："贮藏室应该修在住的房子旁边。"

邻居说："不，不！问题不是出在贮藏室的位置，院子里应该养一条狗。我有一窝小狗任凭你挑选，我愿意为你尽我所能。”

亲朋好友们的建议实在太多，但对农夫的帮助一点也没有。

如果你遭遇了不幸，那么你就会尝尽人间冷暖，这就是这个世界的真实情况。虽然给的建议很多，但是一旦要求实际的帮助，那么就连最好的朋友也会装聋作哑了。

主人和老鼠

如果你家里进了窃贼但又没有证据，那千万不能乱说，也不能随便处置别人。否则不仅失窃事件避免不了，而且也会冤枉好人，小小的不幸有时也会酿出大祸！

一个商人修建了一间仓库，里面放的都是食物。商人为了不让老鼠偷吃，便派了猫队巡逻。巡逻队很是尽心，整日整夜都在巡逻，果然没有老鼠来偷吃。

谁知一个小偷混进了猫巡逻队，这跟人世间一样，监工里也有奸细，结果发生了偷盗事件。主人本应该抓住小偷，严厉惩罚，同时采取防范措施，对于无辜的守卫者，则要好好奖励和保护。但是这个糊涂的主人下令将巡逻队全部的猫都处以鞭刑。

这一命令实在不分青红皂白，有罪没罪的一样对待。于是巡逻队的所有猫都跑了，仓库里一只猫也没有了。老鼠们盼望的这一天终于到了，仓库离了猫的守护，老鼠在两三个星期里把所有食物都偷走了。

兔子狩猎

一群野兽合伙逮到了一头熊，到了分熊肉的时候，每只野兽都能分到一份。

兔子跑过来，提出想要熊的耳朵。在场的野兽问他：“你是从哪儿冒出来的？刚刚我们捉熊的时候你在哪里？”

“兄弟们，正是我把那头熊赶出了树洞，你们才能逮到熊啊！”

于是，兔子便得到了一对熊耳朵。

这牛皮吹得真是离谱，听起来简直让人发笑。虽然大家背后也在嘲笑吹嘘之人，但是分利时总少不了他的份。

狗、人、猫和鹰

从前，一个人和一条狗、一只猫，还有一只鹰结为兄弟。他们的友情深厚，真诚热烈，经常同桌共餐、同住一室。他们发誓要互相帮助，有福同享有难同当，如果在遇到危难之时，宁可牺牲自己，为朋友万死不辞。

一天，朋友们一起去打猎，因为走了很远的路，都有些疲惫，便在河边停下来，有的躺着，有的蹲着，都眯眼休息。

忽然，林子里跑出一头熊。他张着大嘴，扑了过来，这几个兄弟眼看着就要灾祸临头。

猫一下子蹿进了林子，鹰一飞冲天，而可怜的人眼看就要落入熊之口。多亏了那只忠诚的狗，勇猛地向熊扑去，和他撕咬在一起。狗拼尽全力和熊搏斗，忍受着巨大的疼痛。最终，他为了保护朋友奉献了自己的生命。

而那个可耻的人呢？他连忠诚的狗都不如，趁着狗和熊搏斗的时候，他拿着猎枪悄悄溜回了家。

口头上的甜言蜜语容易，患难之时才能显露真情意。在这世界上交到真正的朋友总是很难，我还见过不少这样的情形：一个人于危难中救了朋友，就像这则寓言中的忠诚的狗一样；而当自己身处危险时，却被朋友抛弃，还要遭到咒骂。

猪

一头猪跑进大户人家的院儿里，它在马圈和厨房里四处闲逛，在垃圾堆里找食，又在马粪堆里休息。它转了一大圈回家，带着满身的污垢。

路上碰到了牧人，牧人说道：“猪啊，这次你可算开眼了吧？听说那大户人家里全是金银财宝，而且一件比一件值钱。”

猪哼哼着说：“都是瞎说，我看大户人家除了垃圾和马粪，哪有什么财宝？白白累坏了我的嘴巴，在整个后院里拱来拱去。”

但愿我的这个比喻不会让人听了生气：有些批评家就跟这头猪一样，别管提起什么问题，他们全都两眼一抹黑，不辨好坏。

狼和杜鹃

狼和杜鹃告别道："再见了，我的好邻居！原本我以为这里很安逸，但是全然不是这么回事。这里无论是人还是狗，一个比一个恶毒，想要不参与他们的纷争简直不可能，白白可惜了你这善良的心地。"

"那么你要搬到什么地方去啊？不知是什么地方有善良的邻居，让你都能搬过去？"

"我要去的地方真可称得上是一块福地，听说那里的居民性情温顺，彬彬有礼，从来没有发生过纠纷；那里的牛奶多得像河水一样，人人亲如姐妹兄弟；那里的狗不仅不咬人，而且不会随便喊叫。总之，那里实在是个宝地。你说呢，亲爱的杜鹃，要是生活在那样的地方难道不是幸福的事吗？就是做梦都会笑出来的。我过去有做得不对的地方，还请您多多谅解，我即将开始我崭新的生活，一定会非常美满富足！在那里我肯定不会像现在这样，白天四处躲避，晚上也睡不安稳。”

杜鹃说：“祝你一路顺风吧，但是我还有句话想问问你，你的牙齿和你的德性，是留在这里还是带走？”

“什么意思，难道这些还能留下吗？”

“那么，你记住我的话，你的皮在那儿终会被剥下的。”

有的人不承认自己性格不好，却要说别人性格乖张，自己和别人都无法融洽相处，还埋怨世上没有好人。

公鸡和珍珠

一只公鸡在肥料堆东挖西找，忽然，他发现了一颗珍珠。他说道："这东西有什么用？无非是一钱不值的废物！人类把它吹捧到那么高的地位，愚蠢至极！要我说的话，如果能找到大麦粒，才值得我高兴呢，虽然大麦不起眼，但是能够让我吃饱啊！"

无知的人就是这样判断事物的，在他们那里，不了解的事情通通都是无用的。

杜鹃和鹰

鹰王让杜鹃代替夜莺的职位，于是杜鹃便大模大样地栖息在山杨树枝头尽情歌唱。然而他并没有音乐方面的才华，仔细一打量，众多鸟儿都已飞走，还有一些留下来只为了嘲笑和咒骂他。

杜鹃很伤心，急忙向鹰王告发众鸟对他无礼。

杜鹃说道："尊敬的鹰王，我已遵照你的命令，在这森林里担任夜莺的职位，但是大家都嘲笑我的歌声。"

"我的朋友！"鹰王回答道，"我虽然是众鸟之王，但也无法让你摆脱这种尴尬。我可以用强权让大家管杜鹃叫作夜莺，但是要让杜鹃拥有夜莺的歌唱本领是我所不能办到的。"

东家和长工

人们对于救命恩人，往往只在正遭逢困难时才会心生感激，困难过后，恩人反倒遭人数落。

东家带着长工斯捷潘去割草，回到村里时天已经黑了。

他们回村途中经过一片树林，碰上了一只大熊。东家刚喊出了一声就被大熊掀翻在地。大熊把东家翻来覆去，想要找个好下嘴的地方，眼看着东家的小命就要不保了。

“救命啊，斯捷潘，我的好伙伴！”东家在大熊掌下哀求。

力大无穷的长工抡起了斧子，一下就砍下了大熊的半个脑袋。接着，他用锋利的钢叉刺穿了大熊的肚皮，大熊哀号着倒地死了。

危险过去了，东家爬起了身，转头就骂起可怜的斯捷潘来了。斯捷潘被骂得一头雾水："老爷，您怎么还要骂我呢？我可是救了您的命啊！"

"为什么？你这头笨驴，高兴个什么劲儿！看你那傻头傻脑的样子，谁让你刺穿熊的肚子的？你把整张熊皮都弄坏了！"

麻袋

一条麻袋被丢在走廊的墙角，人们用他来蹭鞋上的泥，就连身份低微的仆人们也用他来擦鞋。

谁能想到有一天麻袋居然用来装了金币。这真是天大的好运，从此麻袋就被放在铁皮箱里。这里风吹不着，苍蝇叮不着，主人对他可真是好。

于是，麻袋的名声传遍了全城。客人来了，都热衷于谈论麻袋，望着开口的麻袋人人都很高兴，要是谁能坐在他旁边，都很爱惜地轻轻抚摸他。

麻袋赢得了这样的优待，开始变得自大傲慢。他的话开始多了，什么都说，这样也不对，那样也不好，对这也议论，对那也管教。但是别人都聆听他的教诲，尽管他说的都没什么道理。

人类的这个弱点真是不幸。不管麻袋说什么，人人都依然叫好。麻袋的荣耀和聪明能到什么时候呢？

难道人们真的会一直这样爱戴他？不会的，只消拿走麻袋里的金币，他就登时没了这种待遇。

我的寓言并不是针对谁，世上这样的人多得很！大商人曾经是可怜的小商贩，狂热的赌客曾经也没见过什么大钱。他们一夜之间成为富翁，朋友中便不乏公爵、伯爵。他们开始豪饮狂赌，达官显贵的家门随意进出，这在以前连达官显贵的门口他们都不敢停留啊！朋友们啊，不要骄傲自满，请听我这一句真理：愿老天保佑你不要破产吧，否则，你就会变成那条被扔掉的麻袋。

农夫和狐狸

农夫遇见了狐狸，就对他提建议说："狐狸，为什么你偏要偷鸡呢？我们现在好好谈谈，你干这种事，我都为你可惜，这种营生一点好处都没有。不说偷东西是件可耻的事，全世界的人都在骂你们狐狸，而且你时刻都在提心吊胆，生怕为了吃一顿饭就送了命。就算你把所有的鸡全都吃掉也犯不上赔掉性命啊。"

狐狸听了以后委屈地说："我又不是真心想过这样的日子，我遭受的辛苦数不胜数。每顿饭我都吃得味同嚼蜡。本来我是个好人，希望你能理解，我也是迫于生计。我要养育孩子，左右为难，真是没有办法。干这种勾当，我也是寝食难安。不过，我也想过，这世界上难道只有我是偷盗者吗？"

农夫听了说道："那好，如果你说的是真的，那么我就帮你摆脱这种罪恶的生活。从此以后，自力更

生，靠自己的本事生存。你帮我看着鸡舍，别让别的狐狸进来，谁能比你更懂狐狸的狡猾呢！我保证你以后衣食无忧。”

就这么说定了，狐狸即刻任职。给农夫干活，狐狸很舒心。农夫很富有，狐狸便也丰衣足食，他开始变得丰润起来。然而他并没有真正改邪归正，他更愿意吃偷盗而来的食物。一天黑夜里，狐狸将农夫所有的鸡都咬死了，他看管鸡舍的生涯也到了头。

如果你的良心没有泯灭，如果你有做事的准则，那么即便你穷困潦倒，也不会做出偷盗的行为；相反，是贼人就改不了盗窃的本性，就算他早已成了百万富翁。

幼狮的培养教育

森林之王狮子有了一个儿子。你们知道野兽和人类是不一样的：人类的孩子一周岁，即使他是帝王的儿子，也还很弱小，未成年。但是一周岁的小狮子，却早已不是小婴孩。因此等小狮子到了一周岁，狮王就认真考虑了，为了不让小狮子愚昧无知，有辱狮王家的名誉，也为了以后让小狮子统治野兽王国，决不能放松小狮子的教育，以免儿子以后被子民责骂。

应该让谁来肩负起教育小狮子的重任呢？

狐狸吗？狐狸虽然机灵聪明，但是狐狸惯于撒谎，这可不是好品质，狮王觉得撒谎可不是帝王该学习的。

鼹鼠吗？野兽们对鼹鼠的非议也不少，说鼹鼠不论做什么都喜欢有条理，没有试过的事情，决不迈出一步。他吃的每一粒谷子，都要亲自去壳弄干净。总而言之，鼹鼠给人这样的印象：他是专干小事的野兽。更为不幸的是：鼹鼠的眼睛只能看见眼前的东西，远处的事物却看不清了。虽然鼹鼠办事有条理，但只适合于鼹鼠，况且狮子王国要比鼹鼠洞大多了。

那么是否让雪豹来教育小狮子呢？雪豹勇猛，力大无比，而且他还工于心计。但是雪豹根本不懂安邦治国，对于什么叫民法他一概不知。那他能给小狮子传授什么治国之道呢？一个合格的帝王应当是个法官、政治家和战士，雪豹只擅长自相残杀，因此由他来教育帝王的孩子也不妥。

思来想去，所有的野兽，包括那头森林里的“柏拉图”——睿智受尊敬的大象，狮王也觉得他不够聪明，没有远见。

不知道算不算幸运——这一点以后可以揭晓。和狮王交情很好的百鸟之王鹰隼听到老朋友的烦恼，决心要担负起这个重任，向狮王自荐亲自教导小狮子。

狮王顿时感觉心头卸了重担：另一位国王做小狮子的老师，还有比这更好的选择吗？于是，狮王马上替小狮子整理行装，即刻启程去向鹰王学习治理国家的本领。

一年、两年过去了，无论你向谁打听小狮子的学习情况，都是一片溢美之词，所有的鸟儿都在森林间传播小狮子创造的奇迹。

最后一年的学习马上就要到期了，狮王派人将王子接了回来，并召集全体子民。大大小小各种野兽都应召前来，狮王亲吻并拥抱了儿子，对他说："亲爱的儿子，你是我唯一的继承人，我已经年迈，而你则刚刚启程。我很欣慰将野兽王国交给你，现在，你要当着大家的面说一说，你都学到了什么，以后会怎么样治理我们野兽王国，让臣民们生活幸福。"

小狮子回答道："父亲，我知道一些这里没人会知道的事情。从兀鹰到鹌鹑，哪里的水土最适合哪一种鸟，哪一种鸟以什么为生，会产下什么样的蛋，我对于鸟类的一切，都能做到如数家珍。这都是老师教给我的，鸟类说我可以捉住天上的星星。一旦您将野兽王国交给我来治理，那我马上教导野兽们筑起鸟窝。"

狮子国王和众野兽都叹了一口气，大臣民众失望之极。狮王终于追悔莫及：小狮子学的都是和管理野兽王国无关的东西。

要去治理野兽的国王，是不需要知道鸟类的生活的。对于一个帝王来说，最重要的就是了解自己臣民的习性，以及能给自己的王国带来什么益处。

老人和三个年轻人

一个老人忙着在院子里栽种树苗，隔壁三个成年的小伙子看到了，嘲笑说："要是忙着盖房子倒还说得过去，可是你都快去世了，怎么还在种树啊？要是你想享受种树的劳动成果，起码得活到一二百岁。老头儿，赶紧放弃吧！你现在的年纪实在不适合做这么长久的安排。你还有多少时间可以用来消磨？要是我们有这样的计划，倒还可以理解，我们还年轻，意气风发，身强力壮，你可是眼看着就要进到坟墓里去啦！"

老人听后，不紧不慢地回答说："年轻人，我从小就习惯了劳动，这样的劳动我很乐意去干，并不是希望自己能得到享受。一个善良的人，不是为了自己而劳作。我栽种这株树苗是想到有一天它长成大树，即使我不能享受树荫，但是我的子孙可以享受到。这也就是我劳作的价值。更何况，谁能预料到明天会发生什么呢？我们中间谁活得长久还不一定吧？死亡难道会看在青春、力量、年轻的容颜方面，就对谁高抬贵手吗？唉，在我的有生之年里，我已经眼看着很多美丽的姑娘和健壮的小伙子比我先进坟墓了！也许你们也时日无多了，倒可能会比我先入土。”

老人的话在后来果真应验了。

他们三个中的一个坐船出门做生意，不幸遇到了暴风雨，年轻人和轮船一同沉入大海；第二个人在异国他乡，陷入了享乐的陷阱，生活奢侈又堕落，损害了身体，以至于赔上了性命；而第三个，在大热天喝了不干净的生水，一病不起，不治而亡了。

听到他们死亡的消息，善良的老人为这三个年轻人流下了惋惜的泪水。

狗

有一条小狗，它的主人对它很好，它吃喝不愁。它应该感到知足，但是它有偷嘴的毛病，只要家里有一块肉，它都要叼走。

主人想尽了一切办法，也没能纠正小狗的臭毛病。

后来，主人的一位朋友来了，他给主人出主意说：“亲爱的朋友，表面上你看起来对它很严厉，实际上它偷嘴的毛病都是你纵容的，因为它偷的东西你直接就给它了。从今以后，你也不必打它，就把它偷的东西拿走就行。”

这个方法果真不错，小狗再也不偷嘴了。

苍蝇和赶路的人

七月里，酷暑难当。一个下午，一辆四匹马拉的轿式马车载着贵族一家人和他们的家当前行。马儿顺着一条松散的沙砾小道慢慢往山上移动。路滑、车重，马已经累得不行，不管赶车人怎么赶它，马车都不再前进。赶车人只好跳到地上，和仆人一起用两条鞭子抽打马的两边，但是马还是一动不动。

贵族老爷、夫人、贵族的儿女还有孩子们的家庭教师都从马车上下来了。但是，马车上还是装得满满的，尽管马可以拉动车了，但是踏着沙砾小道往山上走还是困难重重。

这时飞过来一只苍蝇。人家有困难，我怎么能袖手旁观呢？于是他挺身而出，竭尽全力嗡嗡叫着，在马车周围飞来飞去，一会儿舔舔马的脑门，一会儿又落在赶车人的座位上，一会儿又在贵族一家人中间穿来穿去，就好像穿梭在市场里的商贩一样。而且他一边忙活一边抱怨：竟然没有一个人愿意帮他的忙。

仆人说笑着跟在车子后面慢慢走着，家庭教师和贵族太太低声说着话，贵族也忘了自己的任务，反倒和女仆走进林子里去找蘑菇当晚餐。苍蝇依然嗡嗡叫着，好像只有他自己操心着所有事情。就在这时，疲劳的马终于慢慢走上比较平坦的道路。

“好了，”苍蝇说道，“感谢上天！现在请各位回到自己的座位上吧，祝你们大家一路平安，我可得好好休息一下，我已经没力气飞了。”

世间就有这样喜欢管闲事的人，什么事都要插上一脚，其实别人根本就不需要他。

雄鹰和蜘蛛

一只苍鹰穿过云层，直飞到高加索群山的山顶上，他在一棵百年的雪松上歇息，观赏脚下的大千世界。从那里他仿佛能够看到世界的尽头，那边有弯曲的河流穿过，这边有充满春天繁盛气息的灌木林与牧场，远处还有汹涌澎湃的里海[①]，那颜色就像是乌鸦的翅膀。

苍鹰欢呼道："主宰宇宙万物的神啊，你赐予我翱翔的本领，我不知道还有什么不可抵达的高峰！在这里，我能看到谁也看不到的万千美景！"

"我看你吹牛真是一把好手。"一只蜘蛛在枝头回应苍鹰说，"朋友，我蹲在这里，可不比你低呀。"

苍鹰闻声看过去，确实，真有一只蜘蛛在他头顶的细树枝上，蜘蛛周围已经满布着蛛网，那蛛网密不

① 里海：世界上最大的湖泊，位于欧、亚两洲交界处。

透风，连阳光都能遮挡了。苍鹰问道："你是怎样来到这么高的地方的？就连那些最勇敢的鸟儿也不都能飞到这里，你没有翅膀，又这样渺小，难道你是爬上来的？"

"不，爬上来我可不敢。"

"那你是怎么上这儿来的？"

"我是依附在你的身上，抓住你的尾巴，你把我带上来的。但是到了这里，没有你我也能稳稳站住了。所以，你不要在我面前吹牛，要知道，我可是……"

就在此时，不知道哪里吹来一阵狂风，把蜘蛛吹到了最底层。

不知道你们是怎么看的，反正我觉得那些既不动脑筋又不辛勤劳动的人，就和这些蜘蛛一样，只靠着达官贵人，拼命往上爬。他们昂首挺胸，就好像有无穷的力量似的，其实只要一阵风吹来，他们就像蜘蛛一样连同蛛网一起给刮走了。

树

一株小树看到农夫带着斧子走过来，就请求道：“请你将我四周的树木都砍光吧，我无法安宁地成长，我见不到一点阳光，树根也没有可以延展的空间；别的树枝在我头上结成穹顶，导致我周围吹不进一点风。要是我能摆脱上面这些干扰，一年之内我就能成为这里的骄傲，我的树荫就能将全部河谷覆盖。但是现在我太瘦弱了，就跟瘦弱的枝条一样。”

农夫听罢小树的这番话，便举起了斧头满足他的要求，将小树周围清出了一片空地。但是小树并没有高兴多久，他经常不是受到太阳的烘烤，就是受到冰雹暴雨的侵袭，甚至最后，大风将小树折断了。

一条蛇看到了，对小树说：“你这个笨蛋！这些灾祸全都是你自找的！以前，你躲在树林里茁壮成长，无论太阳还是狂风都不能把你怎样，因为你有其他老树的庇护。等那些老树不在了的时候，你已经长得粗壮，这些灾难对你来说不值一提，你完全能够抵挡。”

松鼠

松鼠给狮子当差，狮子答应给松鼠一大车胡桃。然而过去了很长时间，狮子却言而无信，未兑现承诺。松鼠经常饿着肚子，但他也只能含着眼泪继续奉承狮子。在森林里，松鼠经常能看到有小伙伴在他头上跃过来跃过去，他只能眼巴巴地朝他们眨眼睛，眼看着他们咔嚓咔嚓地咬胡桃，可是这只可怜的松鼠离胡桃总是差一步。狮子对他随意使唤，呼之即来，挥之即去。

最后，松鼠终于老了，狮子对他不再满意，他终于该退休了。狮子兑现了当初的诺言，给松鼠送来一车胡桃。这车胡桃真是不错，品种稀有，个个经过精挑细选。只是有一件不那么乐观的事：松鼠的牙齿早就掉光了。

鹰和田鼠

在听取别人的建议时，不要忙着否定，先想想看建议是否合理。

一只雄鹰带着他的妻子从很远的地方搬到森林里，他们准备在这里筑巢，迎接孩子的到来，他们选定了一棵高大的橡树。

田鼠提心吊胆地向雄鹰建议说，这株橡树的根部已经腐烂，也许马上就会倒了，把窝安在那里不太合适，所以筑巢工作要立刻停止。

雄鹰爱面子，谁不夸雄鹰的眼力好，要是听了田鼠的建议，面子上实在过不去。田鼠怎么能给鸟王提建议呢？

所以，鹰王根本没听进去田鼠的建议，反而加快了筑巢的速度。新巢建好了，雏鹰也出生了，鹰王一家过得多么幸福快乐！

但是一天，意外发生了。雄鹰从远方回来，给妻子孩子带回了丰盛的食物，但是迎接他的却是倒地的橡树和已经摔死的妻子和孩子。

雄鹰两眼发黑，痛不欲生，他说：“这就是上天对我傲慢的惩罚，谁能想到田鼠的话竟然成真？我真是后悔当初没听田鼠的劝告。”

田鼠从树洞里跑出来回答道：“只能怪你当时太傲慢自大，根本不听我的劝告。我在地下打洞，所以大树底下的情况只有我最清楚。”

四重奏

淘气的猴子、毛发乱蓬蓬的山羊、笨手笨脚的熊和驴子，他们四个准备表演伟大的四重奏。他们弄到了乐谱、中提琴、大提琴和两把小提琴，他们就坐在椴树下的草地上，想用他们的演奏来名扬全世界。他们开始了，琴弦咿咿呀呀，嘤嘤嗡嗡，乱哄哄的没有调子，不知道在搞什么名堂！

“朋友们，停一下吧，”小猴子说道，“像这样是演奏不好的，你们连位置都没有坐对！大熊，你拉的是大提琴，应该坐在中提琴的对面，第一小提琴手呢，应该坐在第二小提琴手的对面。这样一来，我们就能演奏出与众不同的音乐，整个山岭和树林都会和着我们的音乐舞蹈。”

于是，他们调换了位置，重新演奏起来，但是还是演奏不好。

“嗨，停下，”驴子说道，“我找到诀窍了！咱们坐成一排就能演奏好了。”

他们又按照驴子的方法坐成一排，可是也没有什么作用，而且演奏得更加混乱不堪。他们关于位置和为什么这么安排位置争论得不可开交。

一只夜莺被他们的争吵声引来了，四个家伙就向夜莺请教演奏的窍门。

“请你教教我们，”他们四个说，“我们正在准备一个四重奏表演，我们什么乐器都有，乐谱也在，但是就是演奏不好，你教教我们应该怎样安排位置吧！”

“想要演奏好四重奏，你们必须懂得演奏的技巧，”夜莺答道，“仅仅知道怎么安排座位是不够的，再说，我的朋友们，你们的听觉也不够好。就算换了位置，或者换了乐器，你们也还是演奏不好这个四重奏。”

树叶和树根

晴朗的夏天，树叶一边把阴影投在河谷上，一边对风夸赞自己的茂密，他说道：“你看，这整个河谷里最美的就是我们吧？树木全靠我们叶子才能这样碧绿舒展、生机勃勃，如果没有叶子，树木会变成什么样子？凭良心讲，我们完全可以心安理得地自我夸赞：是我们的树荫给牧人和旅客遮挡酷暑，是我们凭借自己的美丽把放牧的姑娘吸引到这里载歌载舞，当朝霞和晚霞出现的时候夜莺也会在我们这里一展美妙的歌喉。就连你们，风，也是和我们形影不离。”

“那么，是不是应该加一句，也该感谢下我们。”有一个声音从地底温和地传来。

“是谁这样不知害羞地说这样的大话？你们算是什么东西，竟然敢与我们树叶相提并论？”树叶在树上簌簌作响，含糊不清地说着。

“我们就是深埋在地底下哺育你们的东西。难道你们不知道吗？是我们让你们枝繁叶茂，向世间显现你们的美丽，我们就是滋养你们的树根。不过你们应该记住我们之间的差异，到了明年春天，新的树叶就要长出来了，如果树根枯了，整棵树木也将不复存在，你们也就到了死期。”

狼和狐狸

人们常常将自己不需要的东西送给别人。婉转说出的道理容易被人接受，那我们就用这个寓言故事来阐述这个道理。

一只狐狸把鸡窝洗劫一空，他把剩下的零碎的肉藏好。黄昏的时候，狐狸躺在草垛下睡起觉来。

忽然，狐狸看见饿狼来此做客。

“朋友，我真是倒霉透啦！”饿狼说道，“我连一块骨头都没弄到，我快要饿死啦！狗儿凶得要命，牧人也不打瞌睡，我只有死路一条了！”

“是吗？”

“可不是嘛！”

“朋友，你真是可怜，这里有一整堆干草，是磨坊主给驴子和马准备的，你要吃吗？如果要吃的话，

我很愿意帮你准备。”

可是，这位朋友要吃的是肉，而不是干草。但是狐狸只字不提他存下的肉. 饿狼听了一番干巴巴的安慰和同情，还是饿着肚子回家去了。

风筝

风筝飞到云层中间，远远向下望去，发现山谷里有一只小蝴蝶。

风筝对着蝴蝶喊道：“你相信吗？我在上面差点都看不见你了，你看我飞得这样高，怎么样，是不是很羡慕？”

“羡慕你？根本没有！你这样过于洋洋自得，是没有意思的！虽然你飞到云层里，但是你是被人家用绳子牵着的，你这样的生活，可称不上是幸福快乐。尽管我飞得低，但是我是自由的，想飞到哪里就飞到哪里。而你，只不过是被人操控供人玩乐的玩具罢了。”

天鹅、狗鱼和大虾

合作的人如果不同心协力，那么事业就必定没有进展，虽然从头到尾都在担心着急，但还是搞得一团糟。

一天，狗鱼、大虾和天鹅共同去拖动一辆小车，“三个纤夫”一起担负起沉重的担子，他们用足力气，就连身上的青筋都爆出了。但是无论他们怎样地拖拽，小车还是在原地一动不动。并不是因为小车本身很重，而是另有原因：天鹅使劲儿向天空方向提，大虾一步一步向后倒拖，而狗鱼又把车向池塘拉去。

究竟谁的方向是对的，我也不清楚，我只知道，费了半天劲，小车还在原地。

大火与钻石

深夜里，一点小小的火苗演变成了火灾，被烧着的房子一间连着一间。慌乱之中，一颗钻石被遗落了，在路旁的尘土中发出微弱的光。

火对钻石说：“和我比起来，你的光是多么逊色啊！经过我照射的水滴和玻璃，远远看过去也就是你那个样子吧。我不是故意贬低你，只要一块小布头或者一些毛发就能把你的光彩遮住。而我的烈焰就不同，只要我一来劲儿，整栋房子都会被我吞噬，人们在慌乱中奔跑逃脱，但是我丝毫不将这些放在眼里。我只要噼啪作响燃烧一切，人们见了我，都要避让三分。”

钻石回答道：“虽然和你相比，我的光芒很微弱，但是我没有给人类带来灾祸。没有人因为我受到伤害，也就不会叱责我，谁看我都只会带着倾慕的眼色。而你却以破坏为乐，人们一心只想合作把你扑灭。你很快就会完蛋的，别看你曾经气焰嚣张。”

果真，人们齐心合力来救火。清晨的时候，曾经的大火被扑灭，只剩一股燃烧后的臭气；钻石被找了回来，神采奕奕地镶嵌在王冠上。

隐士与熊

紧急时候能够得到帮助非常宝贵，但并不是人人都能给予及时的帮助，但愿老天爷赐给我的朋友都是聪明的，因为愚蠢的朋友甚至比敌人还危险。

有一个没有亲戚朋友的人，住在远离城市的荒凉深林里。虽然隐士的生活被描绘得那样诗情画意，但是这种远离人群的生活，可不是常人能够忍受的，因为无论是身处安乐还是忧患，人类总是希望和别人交流。

穿过繁盛的草原和树林，再越过绵延的山岗和小溪，躺在软软的草地上，确实是很惬意！然而，如果这一切都没人分享，那还是有点寂寞无趣。我们的这位隐士，不久也承认离群索居的生活并不愉快。他到森林中的草地上去散步，想要找个人说说话儿，然而这种地方，除了狼或熊以外，谁还会来呢？

他看见几米外有一只健壮的大熊，他脱下帽子（现在他只好这样客气了），向他高大的新朋友毕恭毕敬地鞠了一躬。他的新朋友也伸出一只毛茸茸的爪子来回应。他们就从天气开始攀谈起来，不久就成为了形影不离的好朋友，整天待在一起。这两个好朋友谈些什么，开什么玩笑，玩什么游戏，或者怎样取乐，我们都不得而知。隐士闭口不谈，大熊米舒卡天性也不爱说话，所以旁人无从知晓。不管怎样，隐士为找到这样一个朋友而十分高兴，他们天天待在一起，要是彼此见不到，心里都不舒服。隐士对米舒卡的称赞，几个小时也说不完。

在一个明朗的夏天，他们制订了一个出游计划，准备去森林里的草地上溜达，然后再翻山越岭地去远足。可是，人的体力有限，和熊是没法相比的。隐士在夏日正午的太阳下跑得累了，米舒卡回头看到自己的朋友远远地落在后面，心里充满了关切，他停下脚步喊道："歇一会儿吧，亲爱的朋友，如果你累了，那就躺下来好好睡一觉，为防止有什么意外，我坐在旁边给你守着。”

隐士感到确实有了困意，就躺下来，大大地打了个哈欠，很快就睡熟了，米舒卡则忠诚地守卫在隐士身边。

忽然，一只苍蝇落在隐士的鼻子上，米舒卡连忙去驱赶苍蝇，苍蝇又落到隐士的脸上了。

“滚开，你这坏东西！”

真讨厌！苍蝇又落在隐士的鼻子上了，而且好像还不想飞走。米舒卡一声不响地捧起一块沉重的大石头，屏住呼吸蹲在那儿。

“别动，别动！”他心里想道，“你这淘气的苍蝇，看我这回怎么收拾你！”

大熊等苍蝇落在隐士的额头上不动了，就使劲儿将大石头朝隐士的脑袋砸过去，这一下砸得真准，隐士的脑袋被砸了，从此永远醒不过来了。

花

一间豪华的屋子里窗户开着，窗台上的彩色瓷瓶里插着假花，和瓷盆里栽种的真花混在一起，随风摇曳。假花炫耀自己的姿色，傲慢无礼。

忽然，开始刮起风下起雨来，假花苦苦哀求道："老天爷，快把雨停下吧！这该死的雨把路上弄得泥泞一片，行人可是苦不堪言。"

老天爷才不管那些呢，雨仍然淅淅沥沥地下着。酷暑被这雨水冲走了，所有的景色都染上了一层新意。而且雨后的真花开得更鲜艳了，香气袭人。只有那可怜的假花被雨淋之后，成为无人问津的垃圾。

真正的天才，怎么会畏惧批评？只有假花才怕雨淋。

花言巧语的蛇

蛇想住进农夫的家里，便跑来对农夫花言巧语，说他会帮着农夫照看孩子，只有劳动所得才能吃得香。他还说：“人类自古就对蛇有偏见，认为蛇的品质很坏，没有亲友，还吃自己的后代，忘恩负义，这些都损害了我们蛇的名声。也许人们说的都是真的，但是我可与那些蛇不同，我生平从来没咬过谁，也痛恨这种恶行。如果不影响生存，我会把我的牙齿拔去。我是蛇中最善良的，一定会好好呵护你的孩子。”

农夫说：“就算你说的都是真的，我也不能把你招进家里来，因为别人会仿效我的做法，把千百条毒蛇放进家里来，到时候，人类的孩子将会遭受灭顶之灾。不不不，我们人类和蛇绝不能住在一起。即便是最好最善良的蛇，也不如没有蛇安全。”

农夫与马

一个农夫正在播种燕麦，一匹小马看到了，便心生抱怨："他把这么多燕麦弄到地里来干什么？人们常说，人类比动物要聪明，但是现在他做的事不是很愚蠢可笑吗？他把整片田地都掘得稀烂，只是为了把燕麦白白扔进土里？如果他把燕麦喂给我或者枣红马该多好，就算是喂给母鸡也不可惜。如果他把燕麦藏起来，我也只能说他小气，但现在这样白白扔掉，不是愚蠢是什么？"

秋天来了，农夫收获了更多的燕麦，而这些燕麦正是被用来喂养马匹的。

狮子分猎物

狗、狮子、狼还有狐狸是邻居，他们四个达成同盟，还发誓以后一起共享猎物。

一次，狐狸抓到了一头鹿，这可是个不小的收获，至于怎么抓到的，没人清楚。狐狸只通知大家来分鹿肉。

狗、狼、狮子都来了。狮子张牙舞爪，虎视眈眈，他说，“怎么分配，现在要听我的。”

他把鹿肉一下子撕成四份，“第一份归我，这是咱们发誓定的；第二份归我，我要献给狮王；第三份归我，因我最勇猛；这最后一份，你们也别想动，谁要是不听我的命令，那我就立刻要了他的性命。”

马和骑手

一个骑手驯马的技术高超，马在他的调教下非常听话，几乎都用不到鞭子。主人随心所欲地骑马，马也很温顺驯服。这骑手便洋洋自得地说：“这样的马是不需要笼头和嚼子的，肯定错不了。”

于是他解去了马的缰绳，跨上马去兜风。马儿没有了束缚，脚步加快了，开始是小步快走，后来昂首阔步，不按规矩走，好像在和骑手开玩笑似的。最后，马儿已经没有任何禁忌，完全凭自己的性子，突然向前飞奔，眼里泛光，完全不听骑手的指挥了。它在广阔的原野上驰骋，可怜的骑手胆战心惊。他颤抖着想把嚼子给马戴上，但是马儿勃然大怒，拼命挣脱，向前飞奔。

骑手终于被摔了下来，马儿风驰电掣地飞奔向悬崖。它横冲直撞、慌不择路，到了悬崖边已经刹不住了，结果一下子冲下悬崖，活活摔死了。骑手伤心地感叹道："我的马呀，你死得真惨！早知道就不应该解去缰绳，拿掉嚼子。那样我就不会被摔下来，你也不会死了。是我害死了你呀！"

自由固然听起来非常诱人，但是自由却应有一定的限度，如果意识不到这一点，那么过度的自由就会引发大的灾祸。

农夫与河

小溪和小河泛滥成灾，农民们实在承受不起财产的损失，就准备去向大河提出申诉，因为小溪和小河的水最终都是汇入这条大河的。农民们列举的罪状很多：冬麦地给冲毁了，磨坊给冲倒漂走了，牲口都被淹死了，损失真是太大了！

大河一直那样庄严地静静流淌，大城市巍然矗立在它的两岸，从来没听说过大河引起过什么灾祸，所以，农民们互相议论着，大河一定会去收拾这些小溪和小河的。但是，结果怎么样呢？大家走到大河附近一看，那些损失的财物有一大半都在大河上漂着，这还去找什么公道？大家目送着财物漂走，摇着头回家了。

他们离开的时候说："别去白费工夫了，只知道小河小溪卷走了咱们的财物，哪想到大河也是一样。咱们向大河控告小河小溪，怎么会有公正的答复呢？"

狐狸建筑师

狮子热衷于养鸡，但是他的事业进展得却不顺利，原因就在于，他的鸡舍四通八达，有的鸡被偷走了，有的鸡自己跑掉了。于是，狮子为了扭转事业的不顺，决定把鸡舍重新修建一下。新的鸡舍要建得牢固严密，还要防盗且舒适。有人就向狮子推荐狐狸，说他是最好的建筑师，就这样，狐狸接下了这个工程。

狐狸建筑师尽心卖力，鸡舍的建造工程如期竣工了。大家都来参观新的鸡舍，果然建造得非常让人满意：栖架、食槽一应俱全，生蛋的地方安静清幽，有地方取暖，也有地方避暑。狮子大大酬谢了狐狸建筑师，大家纷纷夸奖他的建筑技艺。鸡群马上搬进了新的鸡舍。

狮子的事业好转了吗？并没有！鸡的数量反倒一天天减少了！鸡舍这样坚固，出现这样的情况可真叫人纳闷！

狮子下令埋伏起来捉贼，果然捉到了偷鸡贼。是谁呢？原来就是狐狸建筑师。他修建的鸡舍别人进不来，他却给自己留了一条密道。

潜水者

古时候，有个皇帝心里对科学起了怀疑：科学给人类带来的害处是否比好处还多？读书识字是否会使人的心脏和双手变得软弱无力？是否把所有有学问的人从他的国家赶走比较明智？

可是这个皇帝为了不辱没自己的皇位，为了不耽误子民的幸福，没有听任自己的想法和偏见就做出决定，而是命令召集议会。任何出席议会的人都可以不堆砌辞藻，而只是根据常识清楚地说出自己的想法：是否要把有学问的人都赶出国家去。

议会讨论开始了，有人当场发表自己的主张，有人撰文表达见解，大家把问题弄得越来越复杂，而且众口不一，把皇帝的脑子都弄昏了。有的人说：不学无术就是黑暗，上天之所以赐我们以智慧，让我们理解世间的真谛，就是希望人类要比动物们更聪明，这么来讲，学问确实能给人类带来益处。

另外一些人却肯定，有了学问，人类只能变得更坏。一切学问都是呓语，它只能败坏人们的风俗习惯，正是因为学问教育，很多最强大的王国才走向了灭亡。

总之，各方各持己见，把问题闹得不可开交，文案堆得像山一样高，可是关于学问是否有益的争论还是没有定论。

于是皇帝采取进一步措施，他向四面八方征召有见识的人，继续召开会议，让他们决策学问是否有益。但是这个方法也并不见效，因为皇帝必须给他们高额的俸禄，所以他们之间意见出现分歧，对他们来说倒是可以一直不断地拿取俸禄。如果任由他们讨论下去，那么俸禄不断增加，而问题还是没有决断。

皇帝当然不能拿自己的国库开玩笑，他一眼就看出问题所在，迅速把他们遣散了。与此同时，皇帝的疑惑更深了。

一次，他到野外散步，脑海里还在琢磨这个问题。他看到前面有一位苦行修士，他胡子灰白，双手捧着一本巨大的书。苦行修士虽然目光庄重，但是并不忧郁，而且他的嘴角挂着微笑，神情和蔼可亲。他脑门上那些深刻的痕迹正显示他思想的深刻。

皇帝和这个苦行修士闲聊起来，他看到苦行修士的学识非常渊博，就让他来解决那个重要的争论：究竟学问带来的是好处多还是坏处多？

“皇上，”苦行修士回答道，“请准许我讲一则普通的寓言故事，这则寓言多年来一直启发着我。”

于是，苦行修士整理了一番思路后，开始讲了：“在印度的一个海边，居住着一个渔夫，他这一生经历了太多的贫穷和忧患。他死后，留下了三个儿子。他的孩子们看到，要靠渔网来讨生活根本就摆脱不了穷困，而且他们也打心底里瞧不起父亲的这本领。他们开动脑筋从海里捞取一种贡品——珍珠。他们不但会游泳，而且还会潜水，于是立即动起手来。但是，这三个人的结果却差别巨大：有一个要比其他两个都懒惰，他一直在岸上奔来奔去，甚至不想弄湿自己的双脚，他只是耐心地等待海浪把那珍珠打到他的跟前，他这样的懒惰，要养活自己就比较勉强；第二个，他一点也不害怕艰苦的劳动，而且善于游到深水区去挖掘，他潜游到海底弄到许许多多珍珠，他的财富越来越多，生活富足；第三个却被追求财宝的贪婪念头所折磨，他自己这样盘算：尽管靠近海岸的地方就能找到珍珠，但是得等着财宝自己找上门来，如果我能够一直潜到海底最深的地方，结果会怎么样呢？说不定那里的财宝多得不可计数。珊瑚、珍珠以及天然宝石，都等着我去采集。这个家伙被这种疯狂的念头迷住，纵身就跳进那汪洋大海里，而且他挑选的是黑漆漆的最深水域，不幸的是，他落进了漩涡里，随即便被漩涡吞没。他并没有潜到海底，因为他藐视一切，所以付出了自己的生命。

啊，皇上！尽管在学问中我们可以看到许多幸福的缘由，然而狂妄自大的智慧只能在其中找到漩涡，以致最终被自己毁灭。而且这种毁灭和采珍珠还有一种差别，这种毁灭往往还要造成其他人同归于尽的结局。”

大熊照看蜂房

春天，森林里需要一位蜂房照看者，于是众野兽推选大熊米什卡来担此工作。

那么多动物自告奋勇要当照看者，为什么偏偏挑了米什卡？大家都知道他嘴馋而且最爱吃蜂蜜，本应该挑个可靠的，免得将来后悔，但野兽毕竟是野兽，考虑问题并不那么周全。

米什卡照看蜂房，却把蜂蜜往自己家里搬。这件事终于败露，有人揭穿了他，于是森林法庭依法提起诉讼。在舆论的压力下，米什卡被撤职，判处他在洞穴里禁闭一个冬天。但是被偷的蜂蜜却没有返还。

大熊米什卡躺在自己家里，满不在乎地舔着沾满蜂蜜的爪子，他有足够的蜂蜜度过冬天以待来年。

石头和蚯蚓

一块石头躺在地里，他对刚刚下过的雨发表非议：“嘿！她有什么了不起，大出了风头！你看，人们像迎接贵客一样对她毕恭毕敬，她有什么丰功伟绩？不过就是洋洋洒洒下了两三个小时！人们怎么不问问我的身世？我住在这里几百年，文静、谦虚、安静而又彬彬有礼。但是人们从来没对我表示过尊敬和感激。怪不得人们抱怨世间的不公，这确实有点不公平。”

“闭嘴吧！”一只蚯蚓说话了，“雨虽然下得短暂，但是她滋润了干旱的土地，她将农夫的愿望变成现实。而你躺在土地里全然无用，甚至多余。”

有的人夸耀自己供职四十年，可他就像这石头一样，从未做出点滴贡献。

影子和人

一个淘气的人想捉住自己的影子：他向影子走过去，影子就走到他前面，再往前走，影子又前进一步；最后他跑了起来，但是他跑得越快，影子也跑得越快。影子就像那永远得不到的珍宝，任凭他怎么费力也得不到。

于是，这个淘气的人突然后退了，他回头一看，影子就跟在他的后面。

美丽的姑娘们，我听说过好几次，你们以为说的是你们？不，不是的，并不是指你们。和命运女神打交道，就总是面对这种结果：有的人耗尽全力，拼命追赶好运，结果白白浪费辛劳与时间；然而有的人与命运之神背道而驰，这回，命运女神反而自己追了过来。